Andreas Martin und Robert Rothmann (Hrsg.)

Jetzt aber Tacheles!

Andreas Martin und
Robert Rothmann (Hrsg.)

Jetzt aber Tacheles!

Jiddische Witze und Anekdoten

Mit einem Vorwort von
Landesrabbiner Salomon Almekias-Siegl

scm R.Brockhaus

Die Originalausgabe dieses Buches erschien bereits unter dem Titel: *Nu, ma lacht!*

1. Auflage 2001

RB*taschenbuch Bd. 662*

Umschlaggestaltung und Titelillustration:
Dietmar Reichert, Dormagen
llustrationen: Karsten Lackmann, Altötting
Satz und Herstellung: Arnold & Domnick, Leipzig
Druck und Bindung: Breklumer Druckerei Manfred Siegel KG
ISBN 3-417-20662-6
Bestell-Nr. 224.662

Inhalt

Vorwort

Die vorliegende Sammlung gibt einen kleinen Eindruck in die reichhaltigen Facetten des jüdischen Witzes. Alle wesentlichen Lebensbereiche sowie die eigene geistige Welt der Juden werden dabei berührt, denn es besteht eine enge innere Beziehung zwischen Schicksal und Eigenart der Juden und dem Wesen ihres Witzes.

Niemals ist er nur Witz um des Witzes willen, und er bleibt unverständlich ohne Kenntnis der Welt, in der er sich herausbildete.

Der jüdische Witz ist das Ergebnis von einzigartigen Voraussetzungen und Umständen auf religiösem, historischem, geistigem und sozialem Gebiet – er verkörpert die Welt der Juden in sich. Die Juden waren immer ein Volk der Kultur und des Wissens. Nie und nirgends hat es außerhalb des Judentums eine Volksgruppe gegeben, die bis in unser Jahrhundert hinein im Wesentlichen aus scholastisch gebildeten Religionsgelehrten bestand, denn die gesamte männliche Jugend studierte von früher Kindheit an das umfangreiche, komplizierte religiöse Schrifttum. Da besonders das osteuropäische Judentum diesen Typus seit Generationen verkörperte, ist es nur logisch, dass der jüdische Witz von dieser strengen geistigen Schulung der Denk- und Formulierungskraft immens profitiert hat.

Das scharfsinnige Begriffs- und Gedankenspiel und die amüsanten Kontroversen waren gekennzeichnet von großartiger Tiefe und einem brillanten Schliff.

Über Jahrhunderte hindurch war der Witz oft die einzige, letzte und somit unentbehrliche Waffe eines wehrlosen Volkes, ein seelischer Halt auch in Extremsituationen. Doch nicht nur die feindliche Umwelt, sondern auch die eigene Tradition, letztlich die gesamte Weltordnung stand unter Kritik. Ein doppelter Druck suchte sich ein geeignetes Ventil, zum einen der innere durch das strenge und anstrengende Gesetz und Wissen, zum anderen der äußere in Gestalt von Entrechtung, Verfolgung und letztlich Mord. Hätten die Juden in jener Zeit eine Möglichkeit zur Tat besessen, hätte es nicht des Witzes bedurft, um ihr Leben aushalten zu können. Immer bestand ihre Situation nur darin, wehrlos ausgeliefert zu sein. Statt zu verzweifeln, retteten sie sich in den Witz, um weiter hoffen zu können, denn erst wenn der Witz starb, war auch der Lebenswille gestorben. Tatsächlich hat der jüdische Witz alles überdauert. Erst der Holocaust und die damit verbundene Vernichtung der osteuropäischen Kultur hat dem jüdischen Witz seine idealen Bedingungen entzogen. Der ganz besondere Zusammenklang, der zu seiner Entstehung nötig war, ist unwiederbringlich dahin.

Ein eigentümliches, schwer durchschaubares Zusammenspiel von bewussten und unbewussten Kräften ließ den jüdischen Witz entstehen, und je mehr man über seinen Hintergrund weiß, um so größer ist das Vergnügen daran.

Zwar können wir uns auch an seinen vielfältigen Nachklängen erfreuen, aber solange wir noch in der Lage sind, ihn zu verstehen, ist das Anliegen lobenswert, den jüdischen Witz zu sammeln und auf diese Weise so viel wie möglich von dieser eigenen Welt zu bewahren und zu erinnern.

Dass dieses Vorhaben durchaus vergnüglich sein kann, zeigt diese kleine Zusammenstellung durchgängig. Sie lässt uns in ausgewählter Form teilhaben an den großen und kleinen Problemen menschlicher Existenz und der jüdischen Sicht darauf.

Schon König Salomo hat gesagt (Kohelet 3,4), dass alles im Leben seine Zeit hat: Das Lachen, das Weinen, die Trauer und auch die Freude.

Empfinden wir also bei allem Hintersinn vorrangig Vergnügen bei der Lektüre des kleinen Buches und erfreuen uns an der Geistesschärfe, den Spitzfindigkeiten und Wortspielen, dem Charme und auch gelegentlich der Chuzpe der zusammengetragenen Witze und dringen wir auf diese Weise ein Stück näher in jüdisches Selbstverständnis vor.

Salomon Almekias-Siegl
Landesrabbiner von Sachsen

Guter Gott,
erbarm dich doch nicht
nur über die Fremden!

Feilschen

Simon Parech wandert über Land. Da entdeckt er einen schönen Birnbaum.
„Lieber Gott, wenn ich hinaufklettern und mir a por Birnen pflicken mechte, 10 Taler teet ich geben fir de Bedirftigen."
Er beginnt zu klettern, es geht besser als gedacht. Auf halbem Weg sagt er: „Nu, trei Taler teet ich wirklich gebn."
Endlich, als er schon in Reichweite der Birnen ist, meint er: „Ach wos, gor nix werd ich gebn."
In diesem Augenblick bricht der Ast. Simon fällt auf die Erde. Verstimmt murmelt er: „Gleich schmeißt er! Vielleicht hätt ich jo doch wos gegebn."

Gedankenlesen

Blum trifft am Versöhnungstag seinen Konkurrenten Löw im Bethaus. Gewillt mit ihm Frieden zu schließen, streckt er ihm die Hand hin und sagt: „Ich winsche dir dasselbe, was du mir winschst!“

„Fängst de schon wieder on!“, erwidert Löw gekränkt.

א

Nomen est omen

Vor Gericht. „Sie heißen?“ „Abraham Levy.“ „Wo geboren?“ „In Inowrazlaw.“ „Beruf?“ „Altwarenhändler.“ „Religion?“ „No, ich hob Eich doch gesogt: ich heiße Abraham Levy, bin ich aus Inowrazlaw und handle mit Altwaren – wer ich sein a Hussit?“

ב

Das Jenseits

Kohn philosophiert: „Es geht uns schon recht mies auf dieser Welt. Nu, dafir wird es uns im Jenseits um so besser gehn... Dos heißt, gelacht hätt ich, wenn sich herausstelln wirde, dos es dos gor nicht gibt, dos Jenseits!“

Falsch gefallen!

„Rebbe, Ihr seid doch allwissend“, wendet sich der Schüler an den Rabbi, „erklärt mir doch, warum ein Butterbrot immer auf die bestrichene Seite fällt.“

„Ist das so? Wie kommst du darauf?“

„Ich glaube, es ist ein festes Gesetz.“

„Unsinn, machen wir doch eine Probe.“

Der Rabbi lässt Butter und Brot holen, bestreicht es und wirft es hoch: Es fällt auf die unbestrichene Seite.

„Siehst du, es ist Zufall.“

„Nejn Rebbe, es is a Gesetz, Ihr hobt das Brot nur auf der falschen Seite bestrichen.“

ח

Kindermund

Der Vater liest: „Im Anfang schuf Gott den Himmel und die Erde.“ Der Sohn fragt: „Aber Tate, Papa, wer hot donn Gott gemocht?“ Der Vater: „Niemand. Er wor do von alle ewigen Zeiten.“ Der Sohn fragt: „Wor er oich vor zehn Jahren do?“

ד

Stoßgebet

„Großer Gott, hilf mir! Du erbarmst dich doch sonst iber gonz fremde Lait, for wos nit iber mich?“

Ein Realist

Cheskel Herz, ein russischer Nihilist, ist zum Tode verurteilt. Kurz vor der Exekution tritt der Rabbiner in seine Zelle.

„Ich komme zu Eich, um Eich das Wort Gottes zu verkinden."

Herz: „For dos brauch ich Eich? In a holbn Stunde sprech ich mit Eirem Herr Chef perseenlich!"

In der Ruhe liegt die Kraft

Ein Talmudstudent sitzt nachts über seinen Büchern. Plötzlich hört er ein merkwürdiges Geräusch hinter sich. Er schreit vor Schreck laut auf. Dann überlegt er: „Wenn es eine Katze ist, dann bedeutet mein Schrei soviel wie ‚Huch‘, wenn es ein Dämon ist bedeutet er ‚Hebe dich hinweg‘, wenn es aber ein Einbrecher ist, bedeutet er ‚Ich hob Angst, helft mir!‘“

ג

Unglaube

Zwei Juden treffen sich am Sabbat.

„Stimmt es“, sagt der eine, „dass du bist unserem Glauben abtrinnig geworn?“

„Jo“, gibt der andere zur Antwort.

„Glaubst du denn nicht mehr an Gott?“

„Weißt du, loss uns von wos anderem reden!“

Am nächsten Tag treffen sie sich wieder.

„Es lässt mir keine Ruhe, glaubst du noch an Gott?“

„Nejn!“

„No, dos hättest du mir oich schon gestern gesagt haben kennen!“

„Bist du meschugge? Am Sabbat!“

Hohe Theologie

Ein Talmudschüler fragt den andern: „For wos darf ejgentlich a frommer Jude nicht ohne Kopfbedeckung herumlaufen? In der Thora steht doch kein Wort davon!“

„Das stimmt schon“, meint der andere, „aber die Thora ist voll von indirekten Hinweisen. Da steht z. B.: ‚Jakob zog aus von Beer-Seba und reiste gen Haran.‘ Glaubst du im Ernst, dass ein frommer Jude wie Jakob so einen weiten Weg ohne Kopfbedeckung gegangen is?“

ה

Mit Hand und Fuß

Schlojme hat einen Sohn bekommen und lädt seine beiden Freunde zur Namensgebung ein.
„Wenn ihr kummt, klopft nur kräftig mit dem Fuß an die Tir!“
„Nu, for wos mit dem Fuß, host du keen Klingel?“
„No, ihr werdt doch nicht mit leere Hende kummen!“

Ich weiß, aber ob er weiß? – Vom Rebbe

Demut ist meine größte Stärke!

Am Vorabend des Versöhnungstages, des Jom Kippur, ruft der Rabbi in der Synagoge laut und herzzerreißend zu seinem Gott um Erbarmen: „Ich bin ein armer, nichtswirdiger Sinder, Herr, vergib mir."

Der Kantor stimmt mit den gleichen Worten einen wunderbar melancholischen Trauergesang an.

Die Gemeinde fällt in den Gesang ein.

Als wieder Stille einkehrt, fängt auch der Schammes, der Gebetshausdiener, der nicht zurückstehen will, an zu jammern und zu klagen. Da wendet sich ein reicher Mann zum Rabbi und meint leise: „Hört nur, Rebbe, wer es heitzutag olles wagt sich ‚nichtswirdig' zu nennen."

ר

Hunde, die bellen...

Ein Talmudist lehrt seine Jünger: „Hunde, die bellen, beißen nicht." Nach dem Vortrag geht die ganze „Schul" nach Hause. Da kommt ein kleiner Hund kläffend auf den Rabbi zu gelaufen. Dieser rafft den Kaftan hoch, der eben den Hund gereizt hat und beginnt zu rennen, mit ihm alle Schüler. Ganz außer Atem fragen ihn schließlich die Jünger: „Rebbe, hast du doch eben gelehrt, doss Hunde, die bellen, nicht beißen?!" „ICH weiß, aber weiß ich, ob ER weiß?"

Schlaflosigkeit

„Nach Eirer gestrigen Predigt konnte ich die gonze Nacht kein Auge zutun“, sagte ein Zuhörer zum Wanderprediger.
„So hobn Eich meine Worte beeindruckt?“
„Dos weenigr. Aber wenn ich am Tog schlafe, liege ich hinterher die gonze Nacht wach.“

Gram

Eine Frau kommt zum Rebbe.

„Ich hob a Hahn und a Henn. Eins muss ich schlachtn. Schlacht ich a Hahn, grämt sich de Henne, schlacht ich de Henne, grämt sich der Hahn, wos soll ich mochn?“

„Komm nächste Woche wieder.“

Die Frau kommt nach einer Woche zurück.

„Nu, Rebbe, wos soll ich mochn?“

„Weißt du, wenn ich's mir richtig iberleg: Schlacht die Henne!“

„Aber, Rebbe, da werd sich doch der Hahn grämen!“

„Nu, soll er sich grämen!!!“

כ

Trotzdem!

„Vor zwej Wochen hat unser Rebbe tief geseufzt. Wir fragten: ‚Rebbe, wos is?‘ Er sagt: ‚Eben is Rabbi Jichzak in Minsk gestorben!‘ Stell dir vor, bis hierher hat er das gewusst!!“ „Aber Rabbi Jichzak hab ich noch gestern gesehen: er lebt und ist gesund!“ „Mag sein; aber auf DIE Entfernung!!“

Zur Verdauung

Zum Rebbe kommt eine Frau. Ihr Kind hat einen schlimmen Durchfall.

„Geht nach Hause und sprecht Psalmen“, sagt der Rebbe, „don wird das Kind geheilt sein!“

Nach einer Woche kommt die Frau wieder.

„Rebbe, das Kind ist schon wieder krank, es hat seit drei Teg keinen Stuhlgang.“

„Nun, gute Frau, Gebete wirken Wunder. Geht nach Hause und sprecht Psalmen!“

„Aber, Rebbeleben, was sogt Ihr do? Psalmen stopfen doch!“

ל

Kleingläubig?

Ein chassidischer Rabbi errichtet am Rande seines Dorfes einen Turm, auf dem einer seiner Jünger Posten steht, um das Dorf vom Eintreffen des Messias zu benachrichtigen.

Ein fremder Jude kommt des Wegs und ruft hinauf:

„Worauf wartet Ihr denn da oben?“

„Ich halte Ausschau nach dem Messias.“

„Damit verdienen Sie aber nicht allzu viel, oder?“

„Dos nicht, aber es ist ein sicherer Posten bis on meines Lebens Ende.“

Bestechende Logik

Der Rebbe ermahnt seinen Bruder, er solle doch mit dem Saufen aufhören, das schade dem Ruf der Familie.

„Wos willst du denn“, fragte ihn der Trinker, „Meine Familie ist besser als deine!“

Der Rebbe schaute ihn nur verständnislos an.

„Dos kann ich beweisen: Ich hob einen Bruder, der ist Rebbe, du aber hast nur einen Sajfer zum Bruder!“

Das Auge will auch seinen Teil!

„Unser Rebbe steigt auf die Bank und sieht von dort oben bis nach Jerusalem!“ „For wos muss er da oif die Bank steigen?“ „Er will, doss die Wunder aussehen naturgetrai!“

מ

Streitigkeiten

Zwei Nachbarinnen gehen wegen eines Topfes zum Rebbe.

„For wos gibst du den Topf nicht zurick, den du dir host ausgeliehn?“, fragt der Rebbe die Beklagte.

„Aber Rebbe!“, schreit sie, „erstens hob ich mir gor keinen Topf geliehn, zweitens hatte der Topf a Loch. Und drittens hob ich ihn schon längst zurickgegebn.“

נ

Kriegerischer Friede

„Rebbe! Ihr seid doch allwissend. Sagt mir, wird es Krieg geben?“

Der Rabbi denkt lange nach und verkündet: „Es wird keinen Krieg geben, aber es wird einen gewaltigen Kampf um den Frieden geben, dass kein Stein auf dem anderen bleiben wird!“

Ein- und Ausgang ist das Leben?

„Rabbi, sag mir, lebt me das Leben von ‘erinnen nach ‘eraußen oder von ‘eraußen nach ‘erinnen?“ Der Rabbbi verlangt eine Woche Zeit zum Nachdenken. „Nach einer Woche kommt der Fragesteller wieder: „Rabbi, lebt me das Leben nu von ‘erinnen nach ‘eraußen oder von ‘eraußen nach ‘erinnen?“ „Wenn ich mirs recht iberleg, muss ich dir sagen: Nejn!“

Ein Wunder

Ein Chassid erzählt: „Einmal fiel unser Rebbe ins Wasser. Dort war es iber drei Meter tief, und der Rebbe konnte nicht schwimmen. Zum Glick hatter er zwej marinierte Heringe bei sich. Die nahm er in die Hände, und sie wurden lebendig und zogen ihn heraus!"

„Das glaubst du doch selber nicht. Wie willst du das beweisen?"

„Nu, du siehst doch: der Rebbe ist noch am Leben!"

Die Logik des Alltags

Das hilft!

Im alten Petersburg fiel ein Jude in die Newa. „Gewalt!“, schrie er. „Rettet mich!“

Zwei zaristische Polizisten hören es, machen aber keine Anstalten, ihn herauszuholen. „Hilfe, ich ertrinke!“ Doch die Polizisten lachen nur. Dem Ende nahe schreit schließlich der Jude: „Nieder mit dem Zaren!“ Sofort springen die Polizisten ins Wasser, ziehen ihn heraus und führen ihn ab.

ס

P, P und wieder P

„Mojsche, wos soll ejgentlich das P im Namen Haman?“

„Im Namen Haman is doch gor kejn P.“

„No, for wos is keins drin?“

„Wos soll denn ein P im Namen Haman?“

„Dos frog ich doch gerade!“

פ

Also doch!

„Nechtn, ich mojn gestern, is der Mendel bei mir gewest. Wollt er mich verpriegeln.“

„No, for wos wejst du dos, dos er hat gewollt?“

„No... hätt er nicht gewollt, hätt er's nicht gemocht!“

Baden im Herbst

Eisik geht im Januar am Seeufer spazieren: Sieht er plötzlich seinen Freund Löwenthal in einem Eisloch zappeln.

„Löwenthal, bist du eingebrochen?“ „Nejn, der Winter hot mich beim Baden iberroscht!“

Wie du mir nicht, so ich dir nicht

„Kohn ist gestorbn, gehst du auf seine Beerdigung?"

„For wos sollt ich? Wird er auf mejne kummen?"

ק

Da wird einem heiß!

Shmuel sitzt in der Straßenbahn in Berlin, es ist tiefster Winter, und das Fenster neben seinem Sitz ist halb offen. Der Fahrgast hinter ihm friert und tippt Shmuel auf die Schulter: „Würden Sie bitte das Fenster zumachen, es ist kalt draußen!" Keine Reaktion. Er probiert's nochmal und nochmal, jedesmal mit mehr Nachdruck. Schließlich genervt ob so viel Unfreundlichkeit, lehnt sich der kalte Fahrgast über die Sitzlehne und schmeißt das Fenster selbst zu. Shmuel: „Nu? Und jetzt is es worm draußen?"

ר

Eine echte Viecherei

Zwei Freunde streiten sich. „Du Rindvieh!", entfährt es dem einen.

„Vielleicht bin ich wirklich ein Rindvieh", gibt der andere zu, „nur fragt es sich: bin ich es, weil ich dein Freind bin oder bin ich dein Freind, weil ich ein Rindvieh bin?"

Fast wie in Italien

„Mojsche, wos bist'de hait so schweigsom?" „Bei der Kälte soll ich die Händ aus den Taschen nehmen?"

ז

Des Pudels Kern

„Eli, ich will dir a Problem zu lesen gebn: Do is a Teich, rund herum fiehrt a Weg. An einem Ufer steht a Dackel und will auf de andere Seite. Er darf ober nicht schwimmen, noch auf dem Weg laufen. Wie kummt er hiniber?"

„Do muss ich denken... Nejn, ich wejs es nicht."

„Gonz ejnfach: er schwimmt." „No, ich denk, er soll nicht schwimmen?!"

„No, er schwimmt eben doch!"

ט

Mit Blindheit geschlagen?

Zwei Juden begegnen sich bei einer Feier in der Wohnung eines gemeinsamen Bekannten. „Gestatten: Rabinowitsch!" „Rabinowitsch... Rabinowitsch? ....Sogn Sie, sind Sie nicht so ein kleiner Dicker mit einem roten Spitzbart?"

Falscher Adressat

Ein Jude reitet wie wild auf seinem Ross durch die Gegend. Ein Freund ruft ihm zu: „Was reitest so schnell? Wohin??“ Ehe der Reiter aus Hörweite verschwindet, gibt er zurück: „Was frogste mich, frogs Pferd!“

Arm oder Reich?

„Wenn du auf der Gass hunderttoisnd Rubel findn wirdest, Isidor – wirdest du sie abliefern oder beholtn?“

„Weißt du, das kumt drauf an. Wenn ich wißt, dass se dem Baron Rothschild geherten, tät ich se beholten. Wenn se ober unserm Sinagogenvorsteher geheren wirden, der so arm is, dann tät ich se zerickgeben!“

ת

Halbe Wahrheit

„Ich bin in großer Verlegenheit. Meine Älteste will heiroten, und ich hob dem Bräutigam toisnd Gulden Mitgift versprochen, aber mir fehlt die Hälfte.“

„Nu, mon gibt doch immer bloß die Hälfte“, meint der andere.

„Weiß ich, aber *die* Hälfte fehlt mir doch gerade!“

ש

Schlafstörung bei Tieren

„Hat der Herr gut geschlafen?“, will der dienstbeflissene Wirt wissen. „Ja, tief und fest. Nur die armen Wanzen hobn de gonze Nacht kejn Ojge zugemocht.“

Erst handeln, dann denken!

Zwei jüdische Fuhrleute kommen auf der Gass entlang. Da hat der Sturm einen Baum umgestürzt, quer über den Damm. Sie steigen ab und beratschlagen. Inzwischen kommt ein ukrainischer Bauer, steigt ab, zerrt den Baumstamm an die Seite und fährt weiter. Sagt der eine Jude zum andern: „Ah, Kunststick, mit Gewalt!“

ו

Echte Krakauer!

Zwei Juden treffen sich auf dem Bahnsteig. „Wohin fährst du?“ „Fahr ich nach Krakau.“ „Wenn du sagst, du fährst nach Krakau, willst du, ich soll denken, du fährst nach Lodz. Du fährst aber doch nach Krakau. Also, warum liegst du?“

ע

Irrtum

Tante Sare, das größte Schandmaul der Familie, ist verstorben. Der Rabbi hält die Leichenrede. Er lobt die Friedfertigkeit und Milde der Entschlafenen, ihre Bescheidenheit und Zurückhaltung. Onkel Isaak hält es nicht mehr aus: „Kumm“, sagt er zu seinem Neffen Moritz, „me sind auf der falschen Beerdigung.“

Bildungsauftrag

Schillerndes Geschäft

Ein Jude kommt in einen Buchladen: „Ich mechte Schillers Sämtliche Werke!" „Welche Ausgabe?", fragt die Verkäuferin. Der Jude nickt mit dem Kopf: „Recht habt Ihr, welche Ausgabe!", und verlässt das Geschäft.

צ

Wagnerismus

Ein Jude geht in die „Götterdämmerung". Es dauert drei Stunden, vier Stunden, fünf Stunden, SECHS STUNDEN! Als er aus dem Theater kommt, fragen die Freunde, wie es gewesen sei? „No, gut wors, nur der Schluss wor ebbes iberstirzt!"

א

Was ist Relativität?

„Feitel, bist du doch so a kluger Mensch; konnst du mir erklären: Wos ist Relativität?" „Gonz einfach: Stell dir vor, du sitzt mit 'm Toches (Hintern) oif 'm gliehenden Ofen. Dann wird dir eine Sekunde wie ne Stunde vorkommen. Bist du aber mit einem hibschen Mädchen zusammen, wird dir ne Stunde wie ne Sekunde vorkommen." „Und mit DIE Schmonzes (dummes Zeug) reist Einstein nach Amerika?!"

Es gibt doch dumme Fragen!

Ein berühmter jüdischer Pianist ist zu Gast. Der Saal ist voll, das Foyer ist voll, die Vorhalle ist voll, die Leute stehen dicht gedrängt selbst auf der Treppe, wo sie nichts mehr sehen können. Mitten in Liszts „Mephistowalzer" fragt ein Jude den andern: „Geigt er oder blost er?"

Sehr anständig

In der Wiener Presse erschien folgende Annonce: „Für die Kinder des Barons Rothschild wird ein Klavierlehrer mit Englisch- und Französischkenntnissen gesucht.“ Am nächsten Tag klingelt ein galizischer Jude im Kaftan am Tor der Rothschilds.

„Ich komm wegn der Anzeige.“

Der Sekretär schaut ihn misstrauisch an: „Sprechen Sie denn Englisch und Französisch?“ „Nejn.“ „Aber Sie geben Klavierstunden?“ „Nejn, oich nicht!“ „Ja, weshalb sind Sie denn dann gekommen?“ „Bitt schee, ich wollt dem Herrn Baron nur mittejlen, doss er auf mich nicht rechnen mecht!“

ב

Der Philosoph

Zwei Juden sitzen schweigend bei einem Glas Tee. „Wejß du“, sagt der eine, „dos Leben is wie a Glas Tee mit Zucker.“

„Ein Glas Tee mit Zucker?“, fragt der andere. „Wie kommst du darauf?“

„Woher soll ich dos wissen?“, antwortet der erste Mann. „Bin ich a Philosoph?“

Noch a Wagner!

Zwei Juden sitzen im „Lohengrin“. Es dauert drei Stunden, es dauert vier Stunden, es dauert fünf Stunden. Der Tenor beendet die Gralserzählung mit der Wendung: „Sein Ritter ich, bin Lohengrin genannt.“ Da beugt sich der eine Jude zum andern: „WIE hejßt er?!“

ח

Und noch a Wagner

Ein Jude geht in die Oper „Tristan und Isolde“. Als er herauskommt, fragen ihn die andern: „No, wie wors?“ „Nu, me lacht!“

Ist das koscher?

Logik, die besticht

Simon Stern bestellt in einer Konditorei einen Apfelkuchen, lässt ihn dann aber wieder zurückgehen und nimmt dafür einen Likör. Als er ausgetrunken hat, verlässt er das Lokal. „Herr“, ruft ihm der Konditor nach, „Sie haben den Likör nicht bezahlt!“ „No, ich hob Eich doch den Apfelkuchen davor gegeben.“ „Aber der war doch auch nicht bezahlt!“ „No, hob ich ihn denn gegessen?“

ד

Warum einfach, wenn's …

Ein Rabbi im Restaurant. Er bestellt sich eine Suppe. Der Kellner bringt diese und stellt sie auf den Tisch. Er dreht sich um und will gehen, da spricht ihn der Rabbi an: „Probieren Sie mal die Suppe!“ Kellner: „Kein Problem, wenn die Suppe zu kalt ist, tausche ich sie aus.“ Rabbi: „Nejn, nejn, probieren Sie sie selber mal!“ Kellner: „Aber, mein Herr, ist gar kein Problem, ich bringe Ihnen eine neue, wunderbar frische und warme Suppe“. Rabbi: „Probieren Sie!“ Kellner: „Also...“ Rabbi: „Probieren, hob ich gesagt!“ Der Kellner setzt sich: „Wo ist denn der Löffel?“ Rabbi: „Eben!“

Nur eine Frage

Ein Jude geht an einem Fleischer vorüber, sieht die herrliche Auslage und kann sich nicht beherrschen. Er geht hinein und sagt: „Wos kostet der Schinken?" In diesem Moment tut es hinter ihm einen mächtigen Donnerschlag. Er wendet sich um und sagt: „No, fragen wird mer doch noch derfen!"

FLEISCHER

Sauer macht lustig

Ein Jude bestellt im Restaurant: „Kellner, ein Teller Borscht!“ Der Kellner bringt einen Teller Suppe und der Gast beginnt zu essen: „Kellner, die Borscht is nich sauer genug!“ „Das is keine Borscht, das is Buljong.“ „Is es Buljong, is es sauer genug!“

ג

Nicht Fisch, nicht Fleisch

Kohn im Restaurant: „Ober, gebt mir von dem Fisch!“

„Verzeihung, mein Herr, das ist Schinken!“

„Hob ich gefrogt, wie er heeßt, der Fisch?“

ה

Second hand

Wirt zum Gast: „Heert Ihr, Ihr kennt unsere Zahnstocher meinetwegen auf den Boden werfen. Ihr kennt Eich damit den Kopf kratzen, Ihr kennt Eich die Fingernägel reinigen. Aber Ihr misst se doch nicht zerbrechen!“

Kellner Moses

Ein koscheres Restaurant. Im Schaufenster hängt ein Bild von Moses. Ein galizischer Jude tritt herein – was sieht er? Der Kellner ist glatt rasiert, was nach jüdischem Ritus verboten ist. Der Jude fragt misstrauisch: „Ist das hier wirklich koscher?“ Kellner: „Natürlich, sehen Sie nicht das Bild von Moses im Fenster hängen?“ Der Jude: „Das schon. Aber offen gestanden: Wenn Ihr im Fenster hängen und Moses servieren würde, donn hätt ich mehr Vertrauen.“

Geschäft ist Geschäft

Urinstinkt

Ein Jude kommt zum Apotheker und fragt, was eine im verschriebene Urinprobe kostet. „Zwei Mark fünfzig!" Da geht der Jude wieder. Doch schon am nächsten Tag kehrt er mit einer großen Flasche zurück und lässt die Probe machen. Als er erfährt, dass alle in Ordnung ist, läuft er ans Telefon und ruft seine Frau an: „Sarah, herst du, ich bin gesind, du bist gesind, de Ruth is gesind, das Jakoble is gesind, de Magd is gesind, der Knecht is gesind, de Ziege is gesind, der Hund is gesind!"

י

SOS

Ein Schiff ist in Seenot. Ein alter Jude beginnt zu jammern und zu beten: „Lieber Gott, dos Schiff is verlorn, es wird untergehn, rette dos Schiff!"

Sagt ein anderer Jude: „Wos jammerst du? Is es villeicht dein Schiff?!"

כ

Conto corrente

„Wos siehste so niedergeschlagn aus, Jizak?" „Ich hob verlorn mejn gonze Penunse bejm Rennen!" „No, recht geschieht!, vor wos gejste nicht longsam!"

Koppelgeschäft!

Schlomo hat auf dem Viehmarkt ein Pferd gekauft und reitet zurück in sein Dorf. Unterwegs fängt es heftig an zu gewittern. Im Aufruhr der Elemente scheut das Pferd und geht durch. Schlomo bekommt es mit der Angst zu tun.

Er gelobt in höchster Not: „Herr, wenn ich heil bleibe und die Gefahr iberstehe, will ich dos Pferd wieder verkaufen und den Erlös den Armen geben.“ Der Himmel wird wieder klar, das Pferd beruhigt sich und Schlomo reitet zum Markt zurück um sein Gelübde einzulösen. Zuerst jedoch kauft er ein Huhn. Dann ruft er: „Pferd zu verkaufen, Pferd zu verkaufen!“ Der erste Kauflustige erscheint und fragt nach dem Preis. Schlomo erwidert: „Ich verkaufe das Pferd nur zusammen mit dem Huhn.“

„Wieviel also zusammen?“

„Das Pferd kostet zwei Gulden und das Huhn 300 Gulden.“

ל

Goldig

Jankel und Moische wetten, wer zu einer Einladung das billigste „goldene“ Geschenk mitbringt.

Am Tag der Einladung erscheint Jankel: „Ich hob Eich ein goldenes Geschenk mitgebracht: Eine Schachtel Zigarren Marke: Golden Tobacco.“

Jankel freut sich schon, denn billiger kann das Geschenk von Moische nicht sein. Doch da erscheint

Moische mit einem Herrn, geht zu dem Ehepaar und meint: „Herzlichen Glückwunsch, ich hob meinen Schwager Goldberg mitgebracht…“

מ

Zu weit!

Straßenhandel in Berlin. „Ich brauch a Jackett, hobn Se eins?“ „Ich hob schon eins, ober ich glaub, es wird Ihnen zu weit sein!“ „Nu, anprobieren mecht ichs wenigstens!“ Der Händler geht mit dem Kunden los. „Wohin firn Se mich ejgentlich?“ „Nach Nauen.“ „Wos???“ „Nu, hob ich Ihnen doch glejch gesogt: es wird Ihnen zu weit sein!“

נ

Eine Frage der Zeit

„Schwiegerpapa, host du es zu wos gebracht. Wie muss ich es mochen, doss ich och so raach werd?“ „Offen gesogt: Ehrlich währt am längsten!“

ס

Es kommt darauf an

„Du, der Kommis, den ich engagiert hob, der is garantiert ehrlich“. „Woher wejst du dos?“ „No, ich hob zwanzig Pfennige oif’n Ladentisch gelegt, un er hot se nich genommen.“ „Zwanzig Pfennig!! Zwej Mark musst du hinlegen!“ „Wos hejst ‚zwei Mark‘ – zwej Mark nehm ich oich.“

Gewusst wo

Ein Mann hat eine Autopanne. Mehrere Mechaniker versuchen sich daran ohne Erfolg, da kommt ein jüdische Autoschlosser, hebt die Motorhaube, schlägt mit dem Hammer einmal zu und der Wagen läuft wieder. Der Mann ist glücklich: „Was bin ich ihnen schuldig?“

„Zwanzig Kronen!“ Das ist dem Mann zuviel und er verlangt eine detaillierte Rechnung. Der Jude schreibt: Schlag mit dem Hammer 1 Krone, gewusst wo 19 Kronen, macht 20 Kronen.

Hosen über Hosen

„Kennst du Salomon Herschfeld? Vor zehn Jahren, als er hierher kam, hat er nichts besessen, als ein paar alte Hosen, und jetzt hat der Mann zwei Millionen!"
„Gott behiete, was fängt er an mit zwei Millionen alte Hosen!"

פ

Logisch, sehr logisch!

Ein alter jüdischer Händler belehrt seinen Sohn: „Olles, wos is seltn, is taier. Moschl, also zum Beispiel, a gutes Pferd is seltn, for dos is es och taier!"
„No, Tate, Papa", widerspricht der Herr Sohn, „a gutes Pferd, dos billig is, is doch noch seltener!"

ק

Qualitätsarbeit

Ein Mann hatte sich beim Schneider eine Hose bestellt. Die Hose wurde und wurde nicht fertig. Endlich, nach zwei Monaten war es soweit.

Beklagt sich der Kunde: „Hat Gott die Welt gemaacht in sechs Teg und Ihr braucht far a por Hosen zwej volle Monatn!"

„Nu, wos: Schaut Eich die Welt an", entgegnete der Schneider, „no und donn schaut Eich diese Hose an!"

Hochachtung vor solcher Sparsamkeit!

Kohn gibt ein Telegramm an Goldberg auf: „Angebot akzeptiert. Brief folgt. Hochachtungsvoll Kohn.“

Gibt ihm der Schalterbeamte den freundlichen Rat: „Hochachtungsvoll kennen Se weglossen.“

Darauf Kohn: „Ach, Se kennen den Goldberg?“

ו

Wie, was?

„Meyer telegrafiert: soll ich nach Stettin hait kummen; Levy telegrafiert: hait noch soll ich nach Bochum kummen. Bin ich a Vogl, doss ich mächt sein an zwej Orten zur glejchen Zeit?“

ז

Die stärkeren Argumente

Ein jüdischer Versicherungsagent will sich taufen lassen. Eine volle Stunde bleibt er beim Pfarrer, bis er wieder auf die Straße tritt.

„Nu, hot er dich getäuft?“, will sein Freund wissen.

„Nejn“, entgegnet der Agent und wischt sich den Schweiß ab, „ober ich hob en versichert!“

Größer als alles aber ist die Weisheit!

Der alte Blom übergibt seinem Sohn das Geschäft. „An zwei Prinzipien musst du unbedingt festhalten: Die da sind die Ehre und die Weisheit.“

„Wos bedeuten diese bejden Prinzipien?“, will der Sohn wissen.

„Ehre bedeutet, doss du immer das halten musst, was du versprichst. Wenn du versprochen hast am 15. September eine Ware zu liefern, dann musst du das tun.“

„Und die Weisheit?“

„Du Esel, die Weisheit bedejtet, dass man nie etwas genau versprechen soll.“

ט

Naturphänomen

„Die Börse“, meint der alte Oppenheimer, „ist se wie eine Lawine: amol runter und amol rauf.“

ת

Ablenkungsmanöver

„Konnst de mir nich a por Mark borgen? Ich hob nebbich rein gor nichts bei mir!“

„Nu, un ze Hause?“

„Dank, ze Hause sin olle gesint!“

Eine Frage des Zinses?

Der reiche Schmihl hat eines Tages seine Geldbörse mit 2000 Gulden auf dem Weg zum Markt verloren. Er lässt ein Plakat auf dem Markt aushängen: „Geldbörse mit 2000 Gulden vermisst. Der ehrliche Finder bekommt 50 Gulden. Schmihl.“ Der stadtbekannte Schnorrer Schlojme schreibt in der Nacht darunter: „Biete 100 Gulden. Schlojme.“

ש

Der Wert von Beispielen

„Vater, wos bedeitet ejgentlich Ethik?“

„Ich will dir a Beispiel sagen: Zu mir ins Geschäft kummt a Kunde, kauft einen Mantel for sechzig Mark und zahlt mit einem Hunderter. Wie ich hinschaue, hot er das Wechselgeld vergessen. Siehst du, und jetzt beginnt die Ethik: Soll ich das Geld einstecken, oder soll ich es mit meinem Kompagnon teiln?“

ע

Banca rotta

Kohn steht kurz vor der Pleite. Als ein Bekannter ihn fragt, wie die Geschäfte gehen, meint er: „A Dank, ich kenn nicht klagen, bej mir klagen de Gleibiger.“

Wer billig kauft…

Eine Dame hat einen Pelz erstanden. Nach einigen Tagen kommt sie wieder: „In dem Pelz, den Sie mir vorige Woche verkauft haben, Sie, da sind Läuse drin!“ „No wos, fir den Preis wer’ ich Ihnen vielleicht Paradiesvegel neinsetzen?!“

Kurz und bündig

Ein Kaufmann mahnt seinen säumigen Kunden mit einem Telegramm, es enthält nur ein einziges Wort: „Nu?“

Zwei Stunden später kommt die prompte Antwort des Kunden in zwei Worten: „Nu, nu!“

צ

Du sollst nicht lügen!

Der Angestellte Weinstein läuft jammernd im Büro auf und ab.

„Oh, diese Kopfschmerzen! Es ist nicht auszuhalten, ich verlier noch den Verstand!“

„Herr Weinstein“, sagt der Chef, „wenn Sie krank sind, gehen Sie nach Hause, aber hören Sie auf, hier herumzurennen und zu prahlen!“

א

Du siehst schlecht aus

Schmul kommt zum Uhrmacher Chaim: „Chaim, vor zwei Wochen hast du meine Uhr repariert und versprochen, dass sie bis an mein Lebensende gehen wird. Nun ist sie schon wieder kaput.“

„Nu, vor zwej Wochen sahst du auch sehr schlecht aus.“

Schnell geschaltet

Schlomo und Chaim wandern durch einen tiefen Wald. Da werden sie von Räubern überfallen: „Geld oder Leben!“

In diesem Augenblick wendet sich Schlomo an seinen Begleiter: „Mir fällt gerade ein, Chaim, doss ich dir noch finfzig Rubel schulde. Nu, hier host du dein Geld, nu sin mer quitt.“

ב

Höhere Gewalt

Ein Neureicher hat sich eine Villa mit Garten gekauft. Stolz zeigt er alles seinem Freund.

„Natirlich is olles geegen Feier, Genewje (Diebstahl) und Hagel farsichert!“

„Gegn Hagel?“, verwundert sich der Freund: „No, wie machst du Hagel?“

ח

Auf die Perspektive kommt es an!

Kunde zum Makler: „Heren Sie mol, Sie hoben mir doch versichert, doss zu dem Haus ein Garten gehert. Is dos a Garten – drej Meter breit und finf Meter lang?“

„Nu, sehr groß is er nicht, aber hoch!“

Nicht am Sabbath!

Am Sabbath geht ein Jude an einem jüdischen Geschäft vorbei, der Besitzer tritt heraus und flüstert: „Heute Ausverkauf, alles zu halben Preisen!" Der Passant entrüstet sich: „Heute am Sabbath mocht Ihr Geschäfte!" „Wos fir Geschäfte?, zu holbe Preise!"

ד

Wenn schon, denn schon!

Lehrer: „Jossel, was war das größte Unrecht, was die Brüder Josefs ihm antaten?"

Jossel: „Dass sie ihn so billig verkauft haben. Er war jung, schön und kräftig und unter Briedern mehr wert als die zwanzig Silbersticke."

ג

Gewichtige Gewinne!

„Eins versteh ich nicht, Jossel. Die Post verkauft se Zehnkopeken-Postmarke for punkt zehn Kopekes. Wo is do der Fardienst? Fon wos leeben die Lait?"
„No, gonz einfach: A Brief for zehn Kopekes hot a festgelegtes Hechstgewicht. Sin aber viele Brief leichter. No, un von der Differenze leben die Lait!"

Die goldene Mitte

In einem jüdische Stetl gab es in einer Gasse ein Haus mit drei Schuhgeschäften. Natürlich hatten alle drei nur einen kümmerlichen Umsatz. Was tun? Eines Tages hing vor dem ersten Laden ein Schild: „Verkauf von hochmodernem Schuhwerk“. Als der Besitzer des zweiten Schuhgeschäfts das sah, ließ er sich ebenfalls ein Reklameschild anfertigen: „Importschuhe, besonders preiswert“.

Am nächsten Tag prangte über der Tür des dritten Ladens ein großes Schild mit der Aufschrift: „Haupteingang“.

ה

Geschäftspost

„Sehr geehrter Herr!

Wer hat mir versprochen, bis Ultimo zu zahlen? Ihr! Wer hat nicht Wort gehalten? Ihr! Wer ist ein Lump? ... Ihr sehr ergebener Mendel Beroche.“

ו

Anachronismus?

Lehrer: „Jossel, warum war die Volkszählung unter Herodes mit so vielen Mühen verbunden?“

Jossel: „Weil sie mitten im Weihnachtsgeschäft stattfand.“

Wie Wind entsteht

Eine Dame will eine Fächer kaufen: „Was kostet dieser hier?“ „25 Mark.“ „Zu teuer! Und dieser?“ „Finfzehn.“ „Noch andere haben Sie nicht?“ „No, hier is ejner zu finf Mark!“ „Danke, den nehm ich.“ Doch schon am anderen Tag ist die Frau wieder da, der Fächer ist zerbrochen. „No, wos hobens gemocht mit dem Fecher?“ „Was heißt gemacht. Gefächert hab ich halt, so und so und so...!“ „No, bei dem Preis, missen Se den Fecher schen festhalten und dann immer mit dem Kopf hin und her und her und hin!“

כ

Eine Krähe...

Der reiche Silbermann kauft beim Großhandel Textilien ein. Er schmeißt alle Ware auf einen Holzwagen, den er vor sich herschiebt. Als der Grossist aufblickt, sieht er, wie Silbermann eine teure Seidenfliege in seine Tasche schiebt. Er überlegt, wenn er Silbermann bloßstellt, verliert er seinen besten Kunden, andererseits kann er auch nicht auf das Geld verzichten. So schreibt er auf die Rechnung am Ende die Fliege. Als Silbermann die Rechnung gegenzeichnen will, stutzt er, als er den letzten Posten sieht und will gerade aufbrausen. Dann fängt er aber an zu lachen und meint anerkennend: „Du alter Gannew du!“

Mir nichts, dir nichts

Arme Reiche!

Zwei berufsmäßige Bettler, sogenannte Schnorrer, gehen zu Rothschild. Einer wartet unten, der andere kommt bald zurück, aber mit leeren Händen. Sein Berufsethos verbietet ihm, nichts erlangt zu haben. So sagt er zu seinem Kollegen: „Aj, der Herr Baron muss sich oich schon einschränken; im Salon hob ich gesehn spielen zwej oif einem Klavier!“

ל

Schlechte Laune

„Geh nicht hinauf, der Kommerzienrat hat schlechte Laune, mehr als einen Gulden gibt er nicht!“

„No, wos, ich geh doch. For wos soll ich ihm den Gulden schenken? Schenkt er mir wos?“

מ

Alles verbrannt

„Ich bitt um eine klejne Unterstitzung. Mir is mejn Haus mit ollem abgebrannt.“

„Hobt Ihr nicht eine Bescheinigung iber das Unglick aus Eirem Heimatort?“

„Die ist doch oich verbronnt!“

Gleichheit für jeden!

Der reiche Geschäftsmann Isidor Goldmann ist insolvent und hat Konkurs angemeldet. Seinen Gläubigern bietet er aus der Geschäftsmasse 10% an. Der arme Schnorrer Jankel, der jeden Monat einen Rubel vom Isidor bekommen hat, klopft an die Tür. „Wos willst du, wejßt du nicht, doss ich bin bankrott?“ „Wejß ich dos, ich will nur 10 Kopeken wie die onderen Glajbiger oich.“

נ

Frische Fische! Frische Fische!

Ein Talmudschüler war beim Gemeindevorsteher eingeladen. Es gab Fisch, aber der Fisch stank schon. Der Schüler wagte es nicht, den Fisch abzulehnen. Also beugte er sich vor und murmelte etwas zu dem Fisch.

„Wos mocht Ihr da?“, fragte der Vorsteher.

„Ich red mit dem Fisch!“ „Und wos redt Ihr mit ihm?“

„Ihr misst wissen: in unserm Stettl ist vor zwej Wochn ein Jud ertrunkn, und man hat ihn nicht findn kennen. Do hob ich den Fisch gefragt.“

„Und, hot er ihn gesehn?“

„Er sagt, davon wejß er nix, er sei schon solange aus dem Wasser.“

Erbrecht

Zwei Schnorrer, zwei Brüder, erhalten jährlich vom reichen Rothschild je 100 Dollar. Eines Tages stirbt der eine der Brüder. Als der andere zu Rothschild kommt, erhält er seine 100. „Nu und die hundert fir meinen Bruder?“ „Aber Ihr Herr Bruder ist doch tot!“ „Nu wos, sein Sie der Erbe oder ich?“

Ps 78,55
Ps 94,5

Der Worte wahrer Sinn

Arm Schmul besucht seinen nicht minder armen Vetter. Sie gehen an einer Bank vorbei. Schmul fragt: „Wos handeln die da drinn?" „Wejst du, die handeln nich ejgentlich mit Ware, se borgen Geld an die Lait."

„Wos? Wenn mir da hinein geehn, werdn sie uns mir nichts, dir nichts a Geld gebn?"

„Recht host du, Schmul, Sie werdn dir nichts und oich mir nichts gebn!"

ס

Das ging in die Hose

„Hier hob ich eine abgelegte Hose fir Sie, sehn Se, se is noch wie nai!"

„Der Herr lohn es Eich!", gibt der Schnorrer zurück, „aber eijne Bitte hät ich noch. Mechtet Ihr mir nich de Hose abkaufen, se is ja noch wie nai!"

פ

Was zuviel ist, ist zuviel

Ein Schnorrer bettelt bei Rothschild: „Mein Vater ist gestorben, mein Bruder ist totkrank, meine Frau liegt se im Sterben, mejn..."

„Jee-an", unterbricht Rothschild, „werfen Se diesen Kerl hinaus. Er zerrejst mir dos Harz!"

Die liebe Verwandtschaft

Der arme Vetter ist seit Wochen zu Besuch. Er scheint nicht wieder abreisen zu wollen. Die Hausfrau versucht es auf diplomatischem Wege:

„Host du denn gor kejne Sehnsucht nicht nach deiner Frau?“

Der Vetter: „Dos is aber nett von dir, dos du daran denkst. Gleich schreib ich ihr, dos se her kommt!“

ק

Freizügigkeit

Der reiche Gedalje ist seit Monaten bettlägerig. „Seit er krank is, is er gor nichts mehr geizig“, meint ein Schnorrer zum andern, „richtig freigebig is er.“ „Kunststick“, meint der andere, „mit dem Geld sejner Erben!“

ר

Trauer

Als Baron Rothschild zu Grabe getragen wird, geht ein abgerissener Jude im Trauerzug mit. Er weint bittere Tränen.

„Waren Se denn mit ihm verwandt?“, fragt leise sein Nebenmann.

„Nejn“, schluchzt der Jude. „Ja warum heulen Sie denn dann? „No, deswegen!“

Irdische Gerechtigkeit

Ein Mann, ein Wort!

„Rebbe, der Itzik schuldet mir finfhundert Rubel und will nicht zahlen!!“ „Wos ist, Itzik?“ „Diesen Monat kann ich nicht zahlen!“ „Das hat er schon letzten Monat gesagt!“ „No, und? Hob ich etwa nicht Wort gehalten?!“

ז

Berechtigte Vorwürfe

Mandelstamm steht wegen Einbruchdiebstahls vor Gericht.

„Eins verstehe ich nicht, Angeklagter“, sagt der Richter, „in der Wohnung lagen Wertgegenstände unverschlossen umher. Wieso haben Sie nur wertloses Zeug mitgehen lassen?“

Mandelstamm ist sichtlich zerknirscht: „Ich halte dos nicht mehr aus, Hohes Gericht! Meine Frau hot mir schon genug zugesetzt dariber – und nu fongt Ihr oich noch domit an.“

ט

Verreist?

„Ich hob dich ja so lange nicht gesehen? Wo warste denn?“ „Verreist, sechs Monat.“ „Verreist!, for wos hoste nich Berufung eingelegt?“

Sitzfleisch

Zwei Juden in einer Gefängniszelle. Der eine liegt und ist die Ruhe selbst, der andere läuft nervös auf und ab. Da sagt der auf der Pritsche: „Sog mal, wos rennst du so hin und her? Gloibst du, wenn du gehst, doss du dann nich sitzt?“

ת

Was wahr ist, muss gesagt werden!

Jankel und Jossl stehen vor dem Rabbi. „Hör mal, Jossl“, beginnt der Rabbi, „du sollst gesagt haben, dass Jankel ein ganz gemeiner Dieb und Gannew ist. Entspricht das der Wahrheit?“

Jossl antwortet strahlend: „Is es wahr, aber gesogt hob ich es nicht.“

ש

Auf die Betonung kommt es an!

Ein Jude steht vor Gericht, weil er einen anderen einen Gannew, einen Dieb, genannt hat. Nun soll er es widerrufen und sagen, dass der Josel kein Dieb ist. Er sagt: „Der Josel ist kein Gannew?“

„Das ist doch falsch betont“, meint der Richter. „Bitt scheen, von der Betonung steht nichts im Urteil!“

„Na und?"

Jankel kommt zum Rechtsanwalt und sagt: „Ich schulde dem Moische 500 Gulden, aber ich kann se nicht zahlen. Was soll ich mochen?"

Der Rechtsanwalt sieht nur eine Möglichkeit: „Du musst dich vor Gericht dumm stellen, dann wirst du wegen Unzurechnungsfähigkeit frei gesprochen."

Vor Gericht fragt der Richter: „Jankel, Sie haben sich 500 Gulden geborgt und nicht zurück gezahlt."

Jankel: „Na und?"

Richter: „Sie müssen das Geld zurückzahlen."

Jankel: „Wos Ihr nicht sogt!"

Richter: „Sie scheinen nicht zu wissen, dass Sie vor einem Richter stehen!?"

Jankel: „Na und?"

Richter: „Ich kann Sie ins Gefängnis werfen!"

Jankel: „Wos Ihr nicht sogt!"

Richter: „Der Mann ist nicht normal, Sie sind entlassen."

Jankel ist zufrieden und will nach Hause gehen. Da kommt der Rechtsanwalt auf ihn zu und sagt: „Sehen Sie, durch meinen Rat sind Sie frei gesprochen worden."

Jankel darauf: „Na und?"

Rechtsanwalt: „Sie schulden mir für die Beratung noch 100 Gulden!"

Jankel: „Wos Ihr nicht sogt!"

Alternierende Gnade

Kaiser Franz Joseph besichtigt ein Zuchthaus. Leutselig fragt er einen Gefangenen, wie viele Jahre er zu verbüßen hat.

„Lebenslänglich, Eire Majestäät."

„Wissen's was, Herr Gefängnisdirektor, ich schenk dem Mann die Hälfte."

Was tun? Niemand weiß, wie der kaiserliche Gnadenakt in die Tat umzusetzen ist. Erst ein Rabbi findet eine Lösung: „Nu, soll er abwechselnd einen Tog sitzen und einen Tog frei sein."

ו

Irgendwie hat er recht

Hirschfeld steht vor Gericht, weil er gepanschten Wein verkauft hat. Er will keinen Anwalt, sondern verteidigt sich selbst.

„Hohes Gericht, verstehen Sie etwas von Chemie?" „Nein, ich bin schließlich Jurist!" „Herr Sachverständiger, verstehen Sie etwas von Recht und Gesetz?" „Nein, das geht mich nichts an!" „No sehen Sie, Hohes Gericht, und von einem armen Juden verlangt mon, doss er sich in bejdem auskennen soll!"

Berufsgeheimnis

„Beschreiben Sie genau, wie Sie dem Geschädigten die goldenen Uhr samt der Kette entwendet haben!" „Hohes Gericht, bitt scheen, fir eine solche Lektion bekomme ich 10 Gulden de Stunde!"

ע

Gans am umgedrehten Spieß

Pinkus steht vor Gericht. „Ob ich dem Herrn Richter vielleicht eine Gans schicken mecht?" „Um Gottes willen", ruft sein Anwalt, „das wäre ja ein Bestechungsversuch, da hätten wir den Prozess gleich verloren!" ... Sie gewinnen den Prozess. Pinkas schmunzelt: „Und ich hob dem Hohen Gericht doch eine Gans geschickt!" „Das haben sie gewagt?", meint sein Anwalt. „No, ich hob aber die Visitenkarte vom Kläger reingesteckt!"

Im Hafen der Ehe

Seemannsgarn

Zwei alte Juden unterhalten sich. Sagt der eine: „Die Ehe is sie wie ein Hafen, in dem sich zwej Schiffe begegnen!" „Muss ich oif a Kriegsschiff getroffen sein!"

צ

Oh Wunder!

Der Kohn kommt zum Rebbe und fragt: „Rebbe, ich bin nu 76 Jahr, und mein Weib, die Sarah, die is 25. Und, wie's der Herr will, is doch die Sarah schwanger. Ich tu nachts kein Auge mehr zu wegen der Frage: Bin ich der Vater von dem Kind oder nicht?" Sagt der Rebbe: „Dariber muss ich klären, komm morgen wieder." Anderntags sagt der Rebbe: „Kohn, ich hab geklärt. Bist du der Vater – is es 'n Wunder! Bist du nicht der Vater – is es 'n Wunder?..."

א

Zu früh

Ein Jude steht vor einem Grab und weint laut.

„For wos bist du nur so frieh gestorbn?", klagt er.

„Um wen trauert denn der arme Mann?", fragt ein Fremder den Verwalter.

„Um den ersten Mann seiner Frau!"

Gerade der!

Itzig ist glücklicher Vater von vier Kindern. Aber eines Tages kommt ihm ein fürchterlicher Verdacht: „Hör mal, Lea, ich glaub, der Motel is nicht von mir!"

„Wie konnst du nur so wos behaupten?", entrüstet sich die Frau, „gerade der Motel is von dir!"

ב

Schönheit?

Sara sitzt vor dem Spiegel und putzt sich. „Du musst doch zugeben, Isidor, hibsch bin ich immer noch, nicht?"

„Recht host. Hibsch bist du immer noch nicht!"

ח

Wie du mir, so ich ihm

Der Vater einer Ehefrau beschwert sich beim Rabbi, dass der Schwiegersohn seine Tochter schlägt. Kurz darauf kommt der Rabbi dazu, wie eben dieser Vater diese Tochter verprügelt. Da fragt der Rabbi, was das soll, er habe sich doch darüber beschwert, dass der Schwiegersohn die Tochter schlage. Da meint der Vater: „Schlägt er meine Tochter, schlag' ich seine Frau!"

Emanzipation nach hinten

Eine Frau will vom Rebbe einen Scheidungsbrief: „Mein Mann liegt den gonzen Tag auf der faulen Haut, ich muss alles selber machn, mein Mann aber nimmt mir noch das Geld weg und priegelt mich obendrein!“

Der Rebbe schlägt in seinen Büchern nach und sagt: „Eier Mann benimmt sich korrekt. Es steht geschrieben: Der Mann muss seiner Frau gebn, was er verdient. Und dos tut der Eire ja: Er verdient Priegel, und die gibt er Eich!“

ד

Oh Weh! Oh Weh!

Im 19. Jahrhundert machten sich die k. und k. Beamten einen Spaß daraus, ihren jüdischen Mitbewohnern häßliche Familiennamen zu geben, weil es Vorschrift wurde, einen solchen zu tragen.

Der Mann kommt vom Standesamt zurück. Die Frau fragt neugierig: „Wie heißen wir denn jetzt?“ „Schweissheimer.“ Schreckliches Wehklagen bei der Frau: „Kunst du nicht wos mochen, um einen ondern Nomen zu bekommen?!“ „No, wos meinst du, wos mich hot gekostet allein das ‚W‘!“

Der Ehestand

Zum Rebbe kommt ein junger Mann und bittet um Rat. Er könne sich nicht entschließen, soll er heiraten oder nicht.

„Der Vater is a angeseehner und gebildeter Mon."

„Nu, also heirate!"

„Aber die Tochter is hässlich!"

„Don heirate nicht!"

„Nu, aber sie bekommt zwonzigtoisend Gulden mit!"

„Nu, don heirate!"

„Aber sie hinkt und is zänkisch."

„Wejßt du", sagt der Rebbe, „ich geb dir einen Rat, du solltest dich taufen lassen!"

„Aj, Rebbe, for wos?"

„Donn fällst du Hochwirden auf die Nerven und nicht mir!"

ג

Hochzeit

Kohn trifft seinen Freund auf dem Markusplatz in Venedig.

„Wos machst du denn hier?", erkundigt sich Kohn.

„Ich bin auf der Hochzeitsreise."

„Oh, gratuliere. Und wo ist deine Frau?"

„Wieso, Einer muss doch aufs Geschäft aufpassen!"

Aus eins mach zwei, drei…

„Schadchen“ (=Heiratsvermittler), sagt ein junger Mann, „ich mechte eine Frau heiraten, die scheen is, reich is, gesind is, anständig is und aus e gutem Haus is.“ „Hern Se, daraus mach ich finf Partien!“

ה

Das Haupt

Mendel und Esther kommen zum Rabbi, sie haben sich heftig gestritten und suchen Rat.

Mendel ist im Gesicht ganz zerkratzt. Der Rabbi fragt: „Nu, Esther, wejßt du denn nicht, doss der Mann das Haupt der Familie ist, wie kannst du ihn so zurichten?“

Streitlustig antwortet Esther: „Nu, man wird sich doch noch am Kopf kratzen derfen.“

ו

Altertumsforschung

Kohn will mit seinen fünfzig Jahren noch mal heiraten: ein zwanzigjähriges Mädchen! Sein Freund will es ihm ausreden: „Iberleg doch mol – in zehn Jahren bis du sechzig und sie dreißig. Noch mal zehn Johr, dann bist du siebzig un sie is vierzig, no, und wos willst du dann mit so einer alten Frau?“

Alles inclusive

Der Heiratsvermittler trifft den armen Pinkus auf der Straße: „Ich habe etwas Großartiges für dich. Ein reiches Mädchen, schön, gebildet, aus guter Familie und mit einer Mitgift von 3000 Gulden." Pinkus ist misstrauisch: „Warum bietest du sie gerade mir armen Schlucker an?"

„Nu, se hinkt und schielt a wejnig und hot einen kleinen Buckel."

„Ich will aber keine, die hinkt und schielt und einen Buckel hat."

„Aber sieh doch, was könntest du bekommen? Vielleicht eine, die hibsch aussieht, aber weder Geld noch Bildung noch Mitgift hot, aus einer armen Familie."

„Ich will trotzdem keine Frau, die hinkt und schielt und einen Buckel hat."

„Pass auf. Du nimmst eine Hibsche. Sie will das Heu auf den Boden schaffen, steigt auf die Leiter und fällt runter, sie bricht sich das Bein, spießt sich mit der Heugabel ins Auge und verrenkt sich den Arm. Du rufst den Arzt, sie kommt in die Stadt ins Spital, du bezahlst einen Haufen Geld und hinterher: sie hinkt, schielt und hat einen Buckel. Bei mir sparst du die ganze Aufregung, die Ausgaben und hast schon alles inklusive."

Noch nicht, noch immer nicht!

Ein Arzt wird zur Entbindung von Frau Baronin Rothstein gebeten. Als er die Frau sieht, hält er den Augenblick noch nicht für gekommen und schlägt dem Herrn Baron eine Partie Karten vor. Da dringt ein Weheruf der Frau Baronin aus dem Zimmer nebenan: „Oh, mon Dieu, comme je souffre!" (Mein Gott, wie ich leide!) Der Gatte springt auf, doch der Arzt zieht ihn wieder an den Tisch: „Noch nicht!" Sie spielen weiter. Da! Erneutes Schreien: „Mein Gott, mein Gott, was für Schmerzen!" „Wollen Sie nicht hingehen, Herr Professor?!", fragt Baron Rothschild erneut. „Noch nicht, es ist noch Zeit!" Man spielt weiter. Da dringt es aus dem Zimmer: „Ai waih-ai waih..." Der Arzt wirft die Karten hin: „Es ist Zeit!"

כ

cool – cooler – am coolsten

Ein Geschäftsmann amüsiert sich in einer Großstadt. Als er in sein Hotel zurückkehrt, findet er ein Telegramm seiner Frau vor: „Bin schwer erkrankt, komme sofort nach Hause!" Sorgfältig faltet der Mann das Telegramm wieder zusammen, legt es auf den Nachttisch und sagt: „Spaß!, wer ich morgen frih a Schreck kriegen!"

Für Kaiser und Reich

Jacke wie Hose?

Wegen Platzmangel muss man einen Juden mit einem Offizier zusammen in ein Hotelzimmer stecken. Der Leutnant schläft schon, so zieht sich der Jude im Dunkeln aus und nach dem Wecken am Morgen im Dunkeln wieder an. Als er auf die Straße hinaustritt, geschieht es, dass ihn einige Soldaten zackig grüßen. Am Bahnhof schaut er endlich in einen Spiegel. Da sieht er, dass er die Uniform des Leutnants angezogen hat: „Die Kränke auf diesen Wirt!“, schimpft er, „hot er doch, der Esel, statt mejner den Leitnant geweckt!“

ל

Verkaufte Ehre

1914 an der russischen Front: Der österreichische Kommandant lobt 100 Gulden aus für den, der die Fahne des Gegners erobert. Nach zwei Stunden kommt Isidor Blumentau mit der Fahne an. Vor versammelter Mannschaft wird er belobigt und bekommt die 100 Gulden. Danach kommt der Kommandant und fragt: „Du bist doch sonst eher zurückhaltend, wie hast du das dann gemacht?“ Blumentau darauf: „Dos wor ganz ejnfach. Ich hob gesehen, dass der russische Fahnenträger oich a Jude wor und do hob ich mit ihm gemocht halbe-halbe.“

Sicher ist sicher

Der deutsche Kaiser inspiziert ein Lazarett. Die deutschen Soldaten sprechen zuversichtlich vom Sieg. Da kommt Majestät an das Krankenbett eines Juden. „Na, was meinen Sie, werden wir den Krieg gewinnen?“ „Gewiss, Majestät, nur einen Rat mecht ich geben: Iberschreiben Majestät fir alle Fälle de Mark Brandenburg auf den Namen Ihrer Frau Gemahlin!“

מ

… aber gut erfunden!

Ein jüdischer Vater erzählt, er habe mit seinem Sohn „Unter den Linden“ auf den Kaiser gewartet. Als dieser nun vier- oder sechsspännig angefahren kam, habe das Jakoble sich vom Taten (Vater) losgerissen und sei schnurstracks auf des Kaisers Karosse losgerannt, so dass diese anhalten musste! „No, und wos hot der Kaiser gesugt?“, fragt ein atemloser Zuhörer. „Er hot gesugt: Wemenem gehärrt dieses Kind?“

נ

Rhetorische Frage

„Rekrut Goldschmitt, warum soll der Soldat im Schützengraben nicht rauchen?“ „Recht ham’S, Herr Leitnant, for wos soll er nicht?!“

Hoch hinaus

Man erwartet eine Rekrutierungskommission im Stetl. Die Burschen verstecken sich und mit ihnen auch ein alter Jude.

„Wos hobt Ihr denn zu firchten?“, wundern sich die jungen, „einen alten Mann wie Eich kennen sie doch nicht brauchen!“ „Nu, und Generäle brauchen sie villejcht kejne?“

ס

Soldaten sind auch nur Menschen

Ein Jude kommt frisch an die Front. Eben nähert sich eine feindliche Patrouille. Das Feuer wird eröffnet. „Hert auf zu schießen!“, schreit der Jude, „seht ihr nicht, doss dort Menschen sind?!“

פ

Es menschelt überall

Vor der Schlacht feuert der Hauptmann seine Leute an: „Soldaten, jetzt geht es Mann gegen Mann!“ Musketier Ruben fragt: „Herr Hauptmann, kennt Ihr mir nicht mejnen Mann zeigen? Viellejcht kenn mer uns jo gietlich einigen.“

Keine Angst!

Bei der Musterung: „Bitt scheen, Herr Stabsarzt, schickt mich nich zu de Artillerie, ich kenn dos Schießen nich heern!“

„Keine Angst, mein Lieber, die schießen so laut, das werden Sie schon hören!“

Mangels Gelegenheit

Der Zar will die Treue seiner Soldaten prüfen: „Wenn ich dir befehle auf mich zu schießen, würdest du es tun?“ Einer nach dem anderen erklärt, Befehl sei Befehl und er würde schießen. Das missfiel dem Zar dann aber doch. Endlich fragt er einen jüdischen Lanzer: „Nun, und du? Wirst du auf mich schießen, wenn ich es dir befehle?“

„Nejn!“ Da freute sich der Zar. „Warum willst du nicht auf mich schießen. Wenn ich es dir befehle, musst du doch schießen.“ „No, mit wos? Bin ich der Trommler.“

ק

Auf die Betonung kommt es an

Im Unterricht fragt der Leutnant einen jüdischen Rekruten: „Warum soll der Soldat fürs Vaterland sein Leben lassen?“ „Recht ham'S, Herr Leutnant, for wos soll er!“

ר

Auf einem Wohltätigkeitsball

„Gestatten: von Bredow, Leutnant der Reserve.“ „Sehr angenehm. Lilienthal, dauernd dienstuntoiglich.“

Ausgezeichnet, ausgezeichnet!

Ein Jude hat sich im russisch-japanischen Krieg bewährt. Er darf wählen zwischen dem Georgskreuz und einhundert Rubeln.

„Wie viel ist das Georgskreuz wert?“, will er wissen. „Sinnlose Frage!“, schnauzt der Offizier. „Das Kreuz ist höchstens einen Rubel wert. Hier geht es doch um die Ehre!“ „Verstehe!“, sagt der Jude, „dann gebt mir also .... neunundneunzig Rubel und das Kreiz!“

ז

Entfernungsmesser

Als der Feind zum Angriff übergeht, ergreift Kohn als erster die Flucht. Er rennt und rennt, fast rennt er schließlich einen Offizier um. Er nimmt Haltung an: „Herr Hauptmann, ich melde gehorsamst...“ „Was heißt hier Hauptmann, sind Sie blind? Sehen Sie nicht, dass ich General bin?!“ „Wos? So weit bin ich schon?!“

ט

Fremdwortsegen

Einjähriger Meyer: „Herr Feldwebel, bitt scheen, kennt ich morgen Urlaub haben?“ „Wieso?“ „Immatrikulation, Herr Feldwebel!“ „Immer diese jüdischen Feiertage!“

Mit Schwung

Als das Signal gegeben wird, klettert die Kompanie aus den Schützengräben und geht zum Sturmangriff vor. Nur Levy läuft nach hinten. Der Hauptmann greift ihn: „Da vorn steht der Feind!“ „No, man wird doch noch ejnen klejnen Anlauf nehmen derfen?!“

ת

Der Anschiss lauert überall

Schmul steht Wache, der General soll kommen. Nervös kommt ständig der Leutnant herausgelaufen und fragt, ob der General noch nicht da sei. Endlich kommt der General. Schmul tritt vertraulich an ihn heran und sagt halblaut zu ihm: „Herr General, macht Eich auf einen Anschiss gefasst, der Leitnant hot schon drej mol nach Eich gefrogt!“

ש

Firmenphilosophie

Ein preußischer Offizier und ein Jude sitzen in einem Abteil. Der Jude erzählt von seinen Geschäften und erzählt vons Geschäft und vons Geschäft.... Endlich fragt er den Offizier: „Und Sie, Herr Leitnant, fir wen reisen Sie?“ „Ich reise für Kaiser und Reich!“ „Ach, oich ne jiedische Firma, wos?!“

Liebe Gojim!

Wie auf Erden, so im Himmel

Ein Jude kommt in den Himmel und beklagt sich bitter beim Herrgott: „Ach, Allmächtiger, mejn Sohn, mejn Sohn!“ „Ja, was denn?“ „Ach, mejn Sohn, mejn Sohn!“ „Ja, was is denn mit deinem Sohn?“ „No, er hot sich täufen lossen!“ „No, und mejner?!“

ן

Intressant, dabei brisant!

Im Zug in Galizien kommen zwei Juden ins Gespräch: „Von wo kummt Ihr?“ „Aus Krotoschin.“ „Seid ihr da viele Juden?“ „Nu, an siebentausend.“ „Und hobt ihr auch Gojim?“ „Viellejcht dreihundert, wos ma so braucht zum Straßenkehren und Feierwehrlait... Nu, und von wo kummt Ihr?“ „Von Warschawa.“ „Seid ihr do viele Juden?“ „Nu, so zwejhunderttojsend!“ „Gottes Wunder! Und hobt Ihr och Gojim?“ „So vierhunderttojsend.“ „Gott der Gerechte! Vor wos braucht ihr so viele Gojim?“

ע

Kindermund

Die kleine Sara unter dem Weihnachtsbaum: „Mama, feiern die Christen auch Weihnachten?“

Monogramm

Ein Jude lässt sich in der evangelischen Kirche taufen. Auf die Frage des Pfarrers, welchen Namen er annehmen will, sagt er: „Ich möchte Martin Luther heißen." Der Pfarrer ist erfreut und tauft ihn. Danach fragt er: „Wie sind Sie eigentlich auf den Namen gekommen?" Darauf sagt der Jude: „Sehen Sie, ich hieß vorher Moische Levy und meine ganze Wäsche ist mit dem Monogramm ML bestickt. Ich hätt alles nai mochen müssen, das wär doch schade drum gewesen."

צ

Wos hobn de Deutschen bloss aus unserer Sprache gemocht?

Ein aus Polen eingewanderter erfolgreicher Geschäftsmann möchte, dass sein Sohn makellos die deutsche Hochsprache erlernt und schickt ihn in ein bekanntes katholisches Internat. Nach einigen Monaten besucht ihn der Vater. Er wird zum Prior vorgelassen: „Vater Prior, wos macht mein Sohn?" Der Prior schaut aus dem Fenster, wiegt milde mit dem Kopf hin und her und sagt: „De Kinderlach spillen im Gurten."

Tauf-Schein

Ein Jude möchte wissen, was er zu tun habe, um getauft zu werden, und man sagt ihm, er solle glauben, dass die Jungfrau Maria die Mutter Christi sei; dass Jesus Christus Gott sei und Mensch zugleich; dass Jesus gestorben, nach drei Tagen aber wieder lebendig gewesen sei. Dafür bekomme er einen 100-Zloty-Schein.

Nach einigen Tagen kommt der Jude mit einem Freund zurück und schlägt vor: „Er wird glauben, Maria war e Jungfrau, ich wer' glauben, sie sei Mutter. Er wird glauben, Jesus is Gott, ich wer' glauben, er is gewesen e Mensch. Er wird glauben, Er is gestorben, ich wer' glauben, Er ist nach drei Tagen lebendig. Dafür bekommt jeder von uns einen 50-Zloty-Schein."

א

Standortwechsel

Zwei arme Juden gehen in Amerika die Straße entlang, da lesen sie an einer Kirche das Schild: „Wer sich taufen lässt, erhält 100 Dollar!" Das Geld lockt, aber beide wollen sich nicht taufen lassen. Also lost man und will anschließend das Geld teilen.

Als der eine nach einer Stunde wieder aus der Kirche kommt, fragt sein Freund: „No, wie is es mit meinem Anteil?" „Siehst du", darauf der andere, „*das* is es, was wir Christen an eich Juden so verabschein!!"

Namen gibt's!

„Der junge Cohn hat sich Aschermittwoch taufen lassen." „Ejn komischer Name!"

ב

Und, was hat's genutzt?

Moritzl hat schlechte Noten. Der Vater fragt nach den Gründen. Moritzl antwortet: „Weißt du, Tate, der Lehrer hat was gegen uns Juden." Schweren Herzens beschließt der Vater den Moritzl taufen zu lassen. Aber die Noten werden nicht besser. Moritzl tröstet seinen Vater: „Du weißt doch, Tate, die Gojim haben nix im Kopf."

ח

Verwandtschaft

Novemberregen. Zwei arme Schnorrer in Berlin, die an Türen mit jüdischen Namen gebettelt haben, sind ganz müde, nass und durchfroren. Sie beschließen in der katholischen Kirche, deren Tür offen steht, etwas auszuruhen. Drin ist gerade eine feierliche Nonnenweihe mit dem Bischof. Sie setzen sich ganz hinten in die Ecke. Aber dem Küster fallen sie doch auf und er geht zu ihnen und fragt leise: „Was machen Sie hier?" Darauf einer der Schnorrer: „Dos is schon richtig, wir sind von der Seite des Braitigams."

Anhang

Bethaus: Bezeichnung für Synagoge und eventuell angrenzende Bet- und Studierstube, in der geistliche Literatur zur Verfügung stand.

Broche/Brosche: (jiddisch aus hebr. Baracha=Segen, Berachot=Segensgebete). Es gab für verschiedene Anlässe solche Gebete. Berachot heißt auch der erste Traktat des Talmud.

Chassidismus: in der Mitte des 18. Jahrhunderts entstand in den ostjüdischen Gemeinden aufgrund der oft dogmatischen Talmudgelehrsamkeit die oppositionelle Strömung des Chassidismus; dieser ist eine mystisch-schwärmerische Bewegung, die sich gegen das erstarrte religiöse Leben wandte; als Begründer gilt Baal Schem Tow, welcher verkündete, dass im religiösen Leben nicht das Befolgen von Regeln und Vorschriften, sondern eine freudige Lebensbejahung im Mittelpunkt stehen sollte; diese äußerte sich in Tanz und Gesang. Im einfachen Volk fand der Chassidismus viele Anhänger, wohl auch, weil viele Rabbis (von den Chassiden auch Zaddik – der Gerechte genannt) dem Wunderglauben des Volkes Vorschub leisteten. Im Laufe der Zeit degenerierte der Chassidismus z. T. zu einer Sekte, deren Rabbis oft egoistische Ziele verfolgten und von den Anhängern hofiert wurden.

Cheder: (hebr. Stube, Zimmer) jüdische Grundschule, deren Hauptinhalt das Erlernen der Sprachen Hebräisch und Aramäisch sowie die Auslegung der Bibel und des Talmud ist; nur Jungen besuchen die Schule.

Chuzpe: Unverschämtheit, Dreistigkeit.

Feste: Die wichtigsten Feste sind: Pessach (Passah), Sukkoth (Laubhüttenfest), Schawuot (Wochenfest) und Jom Kippur (Versöhnungsfest), diese erinnern an die Befreiung aus Ägypten, die Wüstenwanderung und Gottesoffenbarung am Sinai sowie an die Vergebung der Schuld; das Chanukka- und Purimfest erinnern an die Rettung der persischen Juden (vgl. Esther 9, 20-32). Das Neujahrsfest heißt Rosch ha-Schanah und wird im September gefeiert. Das Jahr 2000 entspricht dem Jahr 5760 jüdischer Zeitrechnung.

Gojim: Bezeichnung der Juden für alle Menschen, die nicht ihrem Glauben angehören (eigentlich „Ungläubige"), besonders auf Christen angewendet.

Jarmulke: rundes, besticktes Käppi, das zu allen Gebetshandlungen aufgesetzt wird (von einigen orthodoxen Juden wird es ständig getragen).

Jiddisch: Sprache der nicht assimilierten aschkenasischen Juden Osteuropas. Trotz der Vernichtung eines großen Teils (etwa 5 Mio. Sprecher) der jiddischen Sprachgemeinschaft im Holocaust blieb Jiddisch bis heute die am weitesten verbreitete jüdische Sprache mit schätzungsweise noch 5-6 Mio. Sprechern (v.a. in Nordamerika und Israel, Osteuropa und Westeuropa), denen Jiddisch zumindest als Zweitsprache geläufig ist. Die Geschichte der jiddischen Sprache begann im 10. Jahrhundert mit der Einwanderung von Juden aus Gebieten mit romanischer Sprache in rheinische und donauländische Regionen.

Kaftan: traditionelle Kleidung der Ostjuden, schwarzer langer Überrock, Festtagskleid und Amtstracht.

-leben: Anredeform, die nicht mit dem deutschen „Leben" verwandt ist, sondern von lew – Herz (im deutschen z. B. „Lebkuchen") abgeleitet ist.

Mazza, die: auch Matze, Matzen. Brotfladen aus ungesäuertem Teig; im Judentum als Bestandteil des Festmahles zu Passah vorgeschrieben (Dtn 16, 3).

Messias: hebr. Gesalbter. Während das Christentum in Christus (griechisch für Gesalbter) die Verheißung für erfüllt hält, lebt das Judentum in der Erwartung auf das Kommen desselben.

Namen: Die Vornamen der Juden leiten sich vom Hebräischen und Aramäischen der Bibel ab und sind im Jiddischen noch einmal verändert worden. Unsere Namensversionen dagegen sind oft griechische oder lateinische „Übersetzungen“,

z. B.:	Awrom	-	Abraham
	Jizchak oder Itzig	-	Isaak
	Schlomo oder Schlojme	-	Salomo
	Schmul	-	Samuel
	Mosche oder Mojsche	-	Moses

Da Juden keine Nachnamen kannten, sondern sich nach den Vätern nannten (Jizchak ben Awrom – Isaak Sohn des Abraham) kamen sie im Zuge der Bürokratisierung in der k.u.k. Monarchie Österreich-Ungarn in Konflikt. Während die assimilierten Juden in Deutschland sich Namen wählen konnten und dies auch taten (z. B. Rosenbaum, Blumental...), weigerten sich die Ostjuden deutsche Familiennamen anzunehmen und bekamen von den Behörden unsinnige, z. T. lächerliche Namen verpasst.

Osteuropäisches Judentum: Juden wanderten ab dem 1. Jahrhundert vor Chr., also schon vor der Niederlage gegen die Römer im Jahre 70 n. Chr., nach Europa (Spanien), Nordafrika und Kleinasien (Babylon) aus. Sie behielten ihre Identität und ihren Glauben, assimilierten sich also nur in bestimmten Bereichen (z. B. Handel, z. T. Sprache). Auch in die Gebiete, die später das deutsche Reich bildeten, kamen sie aufgrund von immer wiederkehrenden Vertreibungen und Progromen von der Iberischen Halbinsel ab dem 9./10. Jhd. Da sie oft nur geduldet wurden und keinen Zugang zu den Zünften erlangten, ergriffen sie weniger ehrbare Berufe wie Händler, Geldverleiher etc. In den Zeiten der Kreuzzüge wurden sie wegen ihrer anderen Kultur und ihres Glaubens, auch wegen ihres wirtschaftlichen Erfolgs als „Feinde Christi" im eigenen Land bezeichnet und verfolgt. Viele Juden wanderten nach Osteuropa aus, wo sie von den polnischen Königen Schutz erhielten. Ihre Sprache, das Jiddisch, nahmen sie mit, es blieb die Umgangssprache im jüdischen „Stetl". Während die Juden in Deutschland und Westeuropa sich im Zuge der rechtlichen Angleichung im 19. Jahrhundert in Religion, Kultur, Kleidung und Sprache immer stärker anpassten, behielten die meisten Ostjuden bis zu ihrer Vertreibung und Vernichtung durch Hitlers SS-Schergen ihre Kultur weitestgehend unverändert bei. Dazu gehören die meist orthodoxen Glaubensansichten, die typische Kleidung mit Kaftan, Hut, Bart und Schläfenlocken und die relative Abgeschlossenheit gegenüber der einheimischen Bevölkerung. Im osteuropäischen jüdischen Stetl waren Religionsgemeinschaft und örtliche Gemeinschaft meist noch nicht getrennt.

Rabbi (in Anrede auch: Rebbe, Rebbeleben): (wörtlich: Herr) zentrale Gestalt in jeder jüdischen Gemeinde; der Rabbi ist Talmudgelehrter, legt die religiösen Schriften aus, wacht über die Einhaltung der rituellen Vorschriften, leitet den Gottesdienst; in der ostjüdischen Kultur, bei der religiöse und örtliche Gemeinschaft zusammenfielen, war er das Oberhaupt der Gemeinde, entschied Rechtsstreitigkeiten und war Ratgeber in vielen alltäglichen Fragen. Meist ist vom gütigen und weisen Rabbi die Rede, es gab aber mitunter auch harte, dogmatische Gesetzeswächter, die ihre Intelligenz dazu benutzten, ihre Gemeinde zu beherrschen und die allem Neuen feindselig gegenüberstanden.

Sabbat (auch Schabbes): siebenter Tag der Woche; feierlicher Gebets- und Ruhetag, an dem sich Gott von der Schöpfung ausgeruht hat (biblische Schöpfungsgeschichte, Genesis). Der Sabbat dauert von Freitag mit Anbruch der Dunkelheit bis Samstagabend; es dürfen an diesem Tag keine körperliche Arbeit ausgeführt, kein Feuer gemacht und keine Reisen unternommen werden. Für die unerlässlichen Arbeiten gab es im Städtchen sogenannte „Sabbatgojim“, Nichtjuden, die angestellt waren, um diese Arbeiten auszuführen.

Schnorrer: die Mildtätigkeit ist ein zentrales Gebot im Judentum und leitet sich von der Vorstellung ab, dass der Mensch im Jenseits an seinen guten Taten gemessen wird; andererseits regelte dieses Gebot das soziale Zusammenleben. Alle Juden waren angehalten Ärmeren etwas abzugeben; das Schnorren beinhaltete also nicht nur das bei uns heute verpönte Betteln, sondern die Schnorrer erhielten regelmäßig von wohlhabenden Juden ein Almosen oder wurden zum Essen eingeladen. Einige Schnorrer hielten es deshalb für ihr gutes Recht, ja ihrerseits für einen Dienst, dass die Reichen ihre Gebote erfüllen konnten und traten dementsprechend auf, was sich auch in den Witzen widerspiegelt.

Speisevorschriften: Die Juden haben zahlreiche komplizierte Speisevorschriften, die sich aus der Bibel herleiten. Die wichtigsten sind das Verbot von Schweinefleisch und das Gebot, koschere Speisen zu essen. Koscher bedeutet, dass die Speisen nach bestimmten Vorschriften zubereitet werden: Eine bestimmte Art der Schlachtung, Fleisch- und Milchspeisen müssen getrennt zubereitet werden usw.

Stetl: (Städtchen) typische Siedlungsform der Ostjuden, bei der eine dörflich-kleinstädtische Struktur (Landwirtschaft, Handwerker, Kleinhandel) mit der religiösen Struktur der Gemeinde vermischt ist; der Rabbi ist also gleichzeitig der „Bürgermeister". Das Stetl existierte meist getrennt von der einheimischen Bevölkerung; aber auch in den großen Städten gab es viele jüdische Gemeinden, meist in eigenen Stadtvierteln (jüdisches Viertel, Judenstadt, Ghetto).

Synagoge: die sich versammelnde jüdische Gemeinde und ihr Versammlungsort, das Gottesdienstgebäude (jiddisch: Schul). Seit der Zerstörung des Tempels in

Jerusalem (70 n.Chr.) und der Entstehung der weltweiten jüdischen Diaspora sind die Synagogen Zentrum jüdischen religiösen und gesellschaftlichen Lebens. Die Gottesdiensträume sind nach Osten (Jerusalem) ausgerichtet. Wichtigster Teil der Innenausstattung ist der Schrein mit den Thorarollen, davor brennt das „ewige Licht".

Synagogenvorsteher, Gemeindevorsteher: Vorsteher ist immer der Rabbi, es gibt aber noch den Vorstand (Gabbai), der den Rabbi in Fragen der Verwaltung berät.

Talmud: (Lehre). Neben der Bibel ist er das Hauptwerk des Judentums. Um 500 n. Chr. fertiggestellt enthält er Kommentare zu den Heiligen Schriften, die in kurzen und prägnanten Lehrsätzen zusammengefasst werden.

Talmudschule, -student, Talmudist: gratis von der Gemeinde eingerichtete Schule, nur von Jungen besucht. Begabte Jungen konnten an der Talmudakademie studieren, meist aber nicht um einen bestimmten Beruf zu erlernen, sondern des Studierens wegen.

Thora: (Lehre) für die ersten Bücher der hebräischen Bibel gebraucht (die fünf Bücher Mose, deswegen auch Pentateuch genannt), zentrale geistliche Schrift der Juden.

Das hebräische Alphabet

א	Alef	ס	Seamech
ב	Bet	פ	Pe
ח	Chet	ק	Kof
ד	Dalet	ר	Resch
ג	Gimet	ז	Sajin
ה	He	ט	Tet
י	Jod	ת	Taw
כ	Kaf	ש	Sinuin/Sin
ל	Lamed	ו	Waw
מ	Mem	ע	Ajin
נ	Nun	צ	Zade